Cannibale

FichesdeLecture.com

Cannibale
(Fiche de lecture)

I. INTRODUCTION

L'auteur a l'habitude d'orienter son œuvre vers une critique sociale et politique. Il mène des enquêtes historiques le conduisant parfois à un réalisme social que souligne la sobriété de son style.

Didier Daeninckx, ému par un séjour en Nouvelle-Calédonie, retrace un épisode historique longtemps méconnu. Pour la célébration du 150e anniversaire sur l'abolition de l'esclavage, on lui commande un texte. Avec la publication de *Cannibale* en 1998, il réveille le souvenir des « zoos humains » de la IIIe République, en racontant l'histoire des Kanaks, autochtones de la Nouvelle-Calédonie, exposés comme des animaux dans un zoo lors de l'exposition coloniale de 1931. Selon lui les « événements » de la décennie 80 y trouveraient leurs sources. En effet, il est à rappeler l'accord du 5 mai 1998 marquant le début d'une décolonisation concertée de la Nouvelle-Calédonie.

II. RÉSUMÉ DU ROMAN

Nous sommes en Nouvelle Calédonie, le vieux kanak Gocéné et son ami blanc, Caroz sont bloqués par deux rebelles à l'entrée du village Tendo. Caroz abandonne Gocéné qui doit poursuivre seul. Alors Gocéné leur raconte que le français qu'ils viennent de chasser l'a défendu auparavant contre la police.

Comme les jeunes kanaks ne le croient pas, Gocéné commence à leur raconter son voyage à Paris en 1931, lors de l'Exposition coloniale.

L'armée française propose à plusieurs membres de différentes tribus de représenter « la culture ancestrale de l'Océanie » lors de l'exposition coloniale de Paris. Ils embarquent alors tous en direction de la France, mais le voyage ne se déroule pas bien : trois d'entre eux meurent.

Arrivés en France, les Kanaks sont traités comme des animaux : ils sont « logés » dans le zoo de Vincennes, à côté des lions et du marigot des crocodiles. L'exposition coloniale de Paris se révèle être une sorte d'immense foire mettant en scène les territoires et les populations de l'empire coloniale : « *On nous jetait du pain, des bananes, des cacahuètes, des caramels... Des cailloux aussi. Les femmes dansaient, les hommes évidaient le tronc d'arbre en cadence, et toutes les cinq minutes l'un des nôtres devait pousser un grand cri, en montrant les dents, pour impressionner les badauds. Nous n'avions plus une seule minute de tranquillité, même notre repas faisait partie du spectacle.* »

Les Kanaks sont traités comme une marchandise humaine, sur leur enclos est inscrit : « hommes anthropophages de Nouvelle-Calédonie ». Quelques jours avant l'inauguration officielle, tous les crocodiles du marigot meurent empoisonnés ou victimes d'une nourriture inadaptée. Pour y remédier, ils trouvent une solution : le cirque Höffner de Francfort-sur-le-Main, qui souhaite renouveler l'intérêt du public, prête ses crocodiles en échange de kanak, « *En échange, je leur ai promis de leur prêter une trentaine de Canaques. Ils nous les rendront en septembre, à la fin de leur tournée* ».

Ainsi, quelques indigènes sont séparés du groupe : on prétend les emmener visiter la capitale. Gocéné qui voit partir les siens, et en particulier la jeune Minoé, se révolte. Mais il est vite maitrisé par les gendarmes. Il a promis au père de sa future femme de veiller sur elle à Paris.

La nuit, Gocéné accompagné de son ami Badimoin s'enfuit du Zoo pour retrouver Minoé. Quand ils atteignent Paris, « la jungle de pierre », les deux hommes sont complètement désorientés. Pour échapper à la police, ils se réfugient dans une bouche de métro.

Ils arrivent à la Gare de l'Est, mais manquent de peu le train qui emmène les leurs en Allemagne. Pourchassés par la police, ils retournent dans le métro, Fofana, un balayeur africain, les cache dans un local. Ils apprennent que le prochain train pour Frankfort ne partira pas avant trois jours. Les deux hommes reviennent à Vincennes.

À la fin du récit, il y a en réalité deux histoires qui se déroulent. Alors que Gocéné raconte son aventure aux deux jeunes rebelles, des personnes tentent d'approcher du barrage. Gocéné fait preuve de sagesse et leur montre qu'il peut y avoir une harmonie et une paix entre les gens des différentes communautés. Transmettant ainsi un message d'espoir au lecteur.

III. PRÉSENTATION DES PERSONNAGES

Gocéné

C'est le personnage principal du récit, il a 70 ans, et raconte à deux jeunes rebelles ce qu'il a vécu lors de l'exposition coloniale de 1931 à Paris. Alors qu'il se trouve à Vincennes entre les lions et les crocodiles il doit pousser des hurlements, de faire semblant de se battre. Mais une partie d'entre eux doit quitter les lieux, il y a dans ce groupe Minoé, de la tribu des Canala, sa promise. Il ne fait pas partie du convoi qui doit quitter Paris. Alors avec son ami Badimoin, il part à la recherche de sa future femme.

Il est courageux et n'hésite pas à affronter les dirigeants racistes de l'organisation de l'Exposition et les policiers qui partent à sa recherche. Il n'abandonne jamais Badimoin. Enfin c'est un homme de parole, car il a promis au père de Minoé de prendre soin d'elle. Il fait tout son possible pour la retrouver et la ramener en Nouvelle-Calédonie.

À la fin du récit, Gocéné fait preuve de sagesse et leur montre qu'il peut y avoir une harmonie et une paix entre les gens des différentes communautés.

Badimoin

C'est le meilleur ami de Gocéné, il part avec lui à la poursuite de Minoé, sa cousine. Il meurt dans les bras de Gocéné en tentant de réchapper aux gardiens de l'exposition.

Fofana

Africain, il balaie dans le métro. Il sauve et aide Gocéné et Badimoin en les cachant dans son réduit. Il se montre très généreux avec eux et leur indique la bonne voie à suivre pour rejoindre la gare de l'est.

Caroz

C'est également un ami de Gocéné, il a pris sa défense après la mort de Badimoin. Alors qu'un gardien de la paix allait tirer sur Gocéné, Caroz s'interpose. Après cet épisode, il fait de la prison. Il a retrouvé Gocéné en Nouvelle-Calédonie.

IV. AXES DE LECTURE

Le contexte de l'époque

Ce récit est inspiré par un fait historique réel, l'exposition coloniale de 1931 où des Kanaks ont été exposés comme des animaux dans le zoo de Vincennes. Didier Daeninckx nous expose les faits de manière romancée, en inventant, deux personnages Gocéné et Badimoin qui tentent de retrouver Minoé.

Le livre présente un épisode de l'histoire de la Nouvelle-Calédonie : en 1931, cent onze Kanaks sont exhibés comme « cannibales authentiques » à l'Exposition coloniale de Paris. À cette occasion, plusieurs « ambassadeurs » des colonies africaines et asiatiques viennent à Paris. L'Empire français est à son apogée. L'Exposition coloniale la plus grande du genre, son commissaire général, le maréchal Lyautey, affirme qu'elle est « *une leçon d'union entre les races qu'il ne convient pas de hiérarchiser en races supérieures ou inférieures, mais de regarder comme différentes* ».

À la suite de la visite officielle, le ministre des colonies, Paul Reynaud, se tourne vers le président Doumergue : « *Vous venez, monsieur le président, de faire, en un quart d'heure, le tour du monde.* » Les représentants du gouvernement ont vu une reproduction des temples d'Angkor Vat, des tours annamites et des souks marocains, des cases polynésiennes, avec leurs habitants, charmeurs de serpents, marabouts, danseuses.

Cette mascarade suscite quelques protestations, de la part des surréalistes : « *Ne visitez pas l'Exposition coloniale... Il s'agit d'annexer au fin paysage de France, déjà très relevé avant-guerre par une chanson sur la cabane-bambou, une perspective de minarets et de pagodes* », mais aussi celles du Parti communiste et de la Ligue des droits de l'homme.

Le journaliste Alain Laubreaux d'origine calédonienne, écrit « *Ces fauves bestiaux s'appellent Élisée, Jean, Maurice, Auguste, Germain et même Marius, rugit-il. L'un était à Nouméa cocher aux magasins Ballende, l'autre employé à la douane, celui-ci maître d'hôtel, celui-là timonier à bord d'un cargo côtier... Le plus beau de l'affaire est que le Barnum de cette extravagante tournée s'appelle l'Administration française.* »

Pour les Calédoniens, c'est le voyage de la honte, certains sont échangés contre des crocodiles d'un zoo de Francfort et les autres restent au zoo en jouant un rôle : manger de la viande crue pour représenter les « sauvages ». *Cannibale* sort de l'ombre un épisode historique tragique, selon l'auteur les « événements » de la décennie 80 y trouveraient leurs sources.

Il faut rappeler les enjeux politiques lors de la publication du livre, un accord a été signé le 5 mai 1998 marquant le début d'une décolonisation concertée du territoire. Enfin il y a aussi des enjeux culturels, le 5 mai a également été inauguré le centre culturel Tjibaou proclamant l'universalité de la culture kanake avec des cases monumentales sur la presqu'île de Tina.

Le colonialisme

Cannibale nous montre une des facettes du colonialisme, le racisme colonialiste. Dès les premières pages, Caroz est interdit de passage c'est la situation inverse, les Kanaks revendiquent leur indépendance et l'empêchent de passer.

On découvre qu'au cours de leur voyage, trois Kanaks sont morts et arrivés à Paris, ils ne sont pas considérés comme des êtres humains à part entière, ils sont enfermés dans des enclos et doivent se comporter comme des animaux.

Puis, ils font l'objet d'un échange contre des crocodiles. Enfin lors de leur fuite, Gocéné et son ami sont traqués comme du gibier, ils doivent se cacher dans le métro alors que leur culture le leur interdit, en effet le sous-sol est le monde des défunts. Ils subissent beaucoup d'humiliations et sont conscients de la maltraitance dont ils sont victimes : « *Tu vois, on fait des progrès : pour lui nous ne sommes pas des cannibales, mais seulement des chimpanzés, des mangeurs de cacahuètes. Je suis sûr que quand nous serons arrivés près des maisons, là-bas, nous serons devenus des hommes.* »

Cannibale nous offre une vision des mentalités de la France de cette époque et surtout de la souffrance de ces hommes non compris, non considérés. Un thème cher à l'auteur qui se base encore une fois sur un fait divers du siècle passé.

Le devoir de mémoire

Cet épisode a longtemps été méconnu, l'auteur voulait une « réinscription » de la mémoire collective. 1931 a été oublié par les historiens et enseignants calédoniens. La mémoire kanake l'a refoulé. Les descendants des Kanaks gardent un sentiment de fierté d'avoir eu des aïeux choisis pour représenter un peuple.

Daeninckx mêle habilement la dénonciation de l'Histoire coloniale française et l'humour : la traversée du Paris des années 30 par deux indigènes est parfois burlesque. Il s'agit d'un récit authentique, où le lecteur prend une leçon d'humanisme. En racontant son histoire, Gocéné tente de convaincre les jeunes militaires qu'ils viennent de commettre une erreur de jugement en chassant Francis Caroz : ce dernier était respectable malgré le fait qu'il soit Français et sa couleur de peau. À travers ce personnage, nous parcourons un voyage dans la mémoire individuelle et collective. Cet ouvrage engagé invite le lecteur à s'interroger les réalités passées et présentes.

Dans la même collection en numérique

Les Misérables
Le messager d'Athènes
Candide
L'Etranger
Rhinocéros
Antigone
Le père Goriot
La Peste
Balzac et la petite tailleuse chinoise
Le Roi Arthur
L'Avare
Pierre et Jean
L'Homme qui a séduit le soleil
Alcools
L'Affaire Caïus
La gloire de mon père
L'Ordinatueur
Le médecin malgré lui
La rivière à l'envers - Tomek
Le Journal d'Anne Frank
Le monde perdu
Le royaume de Kensuké
Un Sac De Billes
Baby-sitter blues
Le fantôme de maître Guillemin
Trois contes
Kamo, l'agence Babel
Le Garçon en pyjama rayé
Les Contemplations

Escadrille 80

Inconnu à cette adresse

La controverse de Valladolid

Les Vilains petits canards

Une partie de campagne

Cahier d'un retour au pays natal

Dora Bruder

L'Enfant et la rivière

Moderato Cantabile

Alice au pays des merveilles

Le faucon déniché

Une vie

Chronique des Indiens Guayaki

Je voudrais que quelqu'un m'attende quelque part

La nuit de Valognes

Œdipe

Disparition Programmée

Education européenne

L'auberge rouge

L'Illiade

Le voyage de Monsieur Perrichon

Lucrèce Borgia

Paul et Virginie

Ursule Mirouët

Discours sur les fondements de l'inégalité

L'adversaire

La petite Fadette

La prochaine fois

Le blé en herbe

Le Mystère de la Chambre Jaune

Les Hauts des Hurlevent

Les perses

Mondo et autres histoires

Vingt mille lieues sous les mers

99 francs

Arria Marcella

Chante Luna

Emile, ou de l'éducation
Histoires extraordinaires
L'homme invisible
La bibliothécaire
La cicatrice
La croix des pauvres
La fille du capitaine
Le Crime de l'Orient-Express
Le Faucon malté
Le hussard sur le toit
Le Livre dont vous êtes la victime
Les cinq écus de Bretagne
No pasarán, le jeu
Quand j'avais cinq ans je m'ai tué
Si tu veux être mon amie
Tristan et Iseult
Une bouteille dans la mer de Gaza
Cent ans de solitude
Contes à l'envers
Contes et nouvelles en vers
Dalva
Jean de Florette
L'homme qui voulait être heureux
L'île mystérieuse
La Dame aux camélias
La petite sirène
La planète des singes
La Religieuse
1984 A l'Ouest rien de nouveau
Aliocha
Andromaque
Au bonheur des dames
Bel ami
Bérénice
Caligula
Cannibale
Carmen

La peau de chagrin
La Petite Fille de Monsieur Linh
La Photo qui tue
La Plage d'Ostende
La princesse de Clèves
La promesse de l'aube
La Vénus d'Ille
La vie devant soi
L'alchimiste
L'Amant
L'Ami retrouvé
L'appel de la forêt
L'assassin habite au 21
L'assommoir
L'attentat
L'attrape-coeurs
Le Bal
Le Barbier de Séville
Le Bourgeois Gentilhomme
Le Capitaine Fracasse
Le chat noir
Le chien des Baskerville
Le Cid
Le Colonel Chabert
Le Comte de Monte-Cristo
Le dernier jour d'un condamné
Le diable au corps
Le Grand Meaulnes
Le Grand Troupeau
Le Horla
Le jeu de l'amour et du hasard
Le Joueur d'échecs
Le Lion
Le liseur
Le malade imaginaire
Le Mariage de Figaro
Le meilleur des mondes

Le Monde comme il va

Le Parfum

Le Passeur

Le Petit Prince

Le pianiste

Le Prince

Le Roman de la momie

Le Roman de Renart

Le Rouge et le Noir

Le Soleil des Scortas

Le Tartuffe

Le vieux qui lisait des romans d'amour

L'Ecole des Femmes

L'Ecume Des Jours

Les Bonnes

Les Caprices de Marianne

Les cerfs-volants de Kaboul

Les contes de la Bécasse

Les dix petits nègres

Les femmes savantes

Les fourberies de Scapin

Les Justes

Les Lettres Persanes

Les liaisons dangereuses

Les Métamorphoses

Les Mouches

Les Trois mousquetaires

L'étrange cas du Dr Jekyll et de Mr Hyde

L'Ile Au Trésor

L'île des esclaves

L'illusion comique

L'Ingénu

L'Odyssée

L'Ombre du vent

Lorenzaccio

Madame Bovary

Manon Lescaut

Micromégas

Mon ami Frédéric

Mon bel oranger

Nana

Ne tirez pas sur l'oiseau moqueur

Notre-Dame de Paris

Oliver twist

On ne badine pas avec l'amour

Oscar et la dame rose

Pantagruel

Le Misanthrope

Perceval ou le conte du Graal

Phèdre

Ravage

Roméo et Juliette

Ruy Blas

Sa Majesté des Mouches

Si c'est un homme

Stupeur et tremblements

Supplément au voyage de Bougainville

Tanguy

Thérèse Desqueyroux

Thérèse Raquin

Ubu Roi

Un Barrage contre le Pacifique

Un long dimanche de fiançailles

Un secret

Vendredi ou la vie sauvage

Vipère au poing

Voyage au bout de la nuit

Voyage au centre de la terre

Yvain ou le Chevalier au lion

Zadig

À propos de la collection

La série FichesdeLecture.com offre des contenus éducatifs aux étudiants et aux professeurs tels que : des résumés, des analyses littéraires, des questionnaires et des commentaires sur la littérature moderne et classique. Nos documents sont prévus comme des compléments à la lecture des oeuvres originales et aide les étudiants à comprendre la littérature.

Fondé en 2001, notre site FichesdeLectures.com s'est développé très rapidement et propose désormais plus de 2500 documents directement téléchargeables en ligne, devenant ainsi le premier site d'analyses littéraires en ligne de langue française.

FichesdeLecture est partenaire du Ministère de l'Education du Luxembourg depuis 2009.

Plus d'informations sur www.fichesdelecture.com

Notes :